스스로 피어짐이
아름다운 것을

정상화 시집

시음사
시사랑음악사랑

歸農으로 詩心을 키우는 시인 정상화

정상화 시인은 문화예술창작은 기술이 아니다. 창작은 자신과의 싸움에서 이겨야만 결과물을 볼 수 있다고 말한다. 정상화 시인은 사람과 사물이 살아가는데 가장 기본적인 것들에 의미를 부여해내는 능력을 잘 보여주는 시인이다. 내적인 심리상태와 주변 환경의 변화에서 자신만의 독특한 기법으로 창작의 결과물을 詩心으로 심어 넣는 외롭고 고독한 작업을 하는 시인이다. 시인이 어떠한 작업을 해놓았느냐에 따라 그 작품은 파릇한 새순이 돋는 뿌리 강한 나무가 될 수도 있고, 구멍이 헐헐 뚫린 곪은 낙엽만 무성한 나무가 될 수도 있지만 풍성한 결과물을 수확할 수 있다는 기대로 농사를 짓고 시를 짓는다는 정상화 시인이다.

정상화 시인은 농부이면서도 시인이다. 자연을 키우는 시인은 세상 사람들에게 꿈을 나누어주려 메마른 대지에 씨앗을 뿌리고 그것을 잘 키워서 수확하는 일이 인간의 기본적인 행동이라 여기며 대지에는 씨를 뿌리고 마음의 텃밭에는 창작의 새순을 심어 세상의 많은 이들에게 그 열매를 나누어 주고 싶다고도 말하고 있는 무한이기적인 시인이다.

이번 정상화 시인의 시집 "스스로 피어짐이 아름다운 것을"은 풍성한 가을날 여름내 수확한 결과물들을 차곡차곡 쌓아둔 저금통장과 같다. 서정적이면서도 직설적인 표현 기법을 보여준다. 여성적 감미로움과 경상도 사내의 투박함이 잘 어울려져 한편, 한편이 살아 숨 쉬고 있다는 느낌을 주는 작품들로 꾸며진 정상화 시인의 첫 시집을 만날수 있는 것은 행운이다. "스스로 피어짐이 아름다운 것을" 시집이 많은 독자에게 사랑과 희망을 줄 수 있는 시집, 귀농을 꿈꾸는 현대인에게 적극적으로 추천하고 싶은 시집이다.

사단법인 창작문학예술인협의회 이사장 김락호

시인의 말

현실의 힘들고 아픈 삶이 그러하기 때문에가 아닌 그러하
더라도 사랑하며 살고 싶었습니다.
삶은 한 편의 시다. 농부의 투박한 손끝으로 삶의 일부분
을 잘라내는 일이 결코 쉽지는 않았습니다.
새벽공기 마시며 논둑길을 걷고 농사를 지으며 지천으로
피어있는 들꽃들과 얘기하며 가슴에 담은 숱한 감정을 쏟
아놓고 싶었다. 농촌의 힘든 현실을 흙의 진실을 땀의 의
미를 담고 우리네 삶은 감동으로 이어져야하며 그 감동의
순간을 담고 싶었습니다.
팔십 셋 어머니 배내골에서 태어나 오두막 고개 넘어 택시
를 처음 본 순간 소깝빼까리 굴러 간다라고 했다.
그 아들 열 두살 때 어머니 따라 언양장 가면서 오두막 고
개 넘어 버스를 처음 본 순간 집이 굴러 간다라고 했다.
그때 어머니 집이 아니라 빠스라고 가르쳐 주셨다.
그 아들 시인이 되었다

그 아들 첫 시집 어머니께 바칩니다.

삶이 시다.
지나온 삶 짠했던 한순간들......

정상화 시인

* 목차 *

QR 코드

스마트폰으로 QR 코드를 스캔하면
시낭송을 감상할 수 있습니다.

제목 : 가지치기

시낭송 : 최명자

* 목차 *

* 목차 *

* 목차 *

가지치기

감나무 가지 잡고
갈등에 빠져 허우적거리다
튼실한 꽃눈 남기고 잘라버린다

좀 전까지 한 몸이
선택되지 못한 체 잘려진 아픔 되어
툭 떨어진다
품었던 꿈과 함께

피어서 추한 꽃의 설움보다
피지 않음이 다행이고
억지로 피어지는 고통보다
스스로 피어짐이 아름다운 것을

죽을 때까지 끊을 수 없는
연의 끈 자른 농심의 가슴엔
동행할 수 없는 이별의
눈물 흐른다

떨어져 썩은 네 육신 부활할 때쯤
탐스런 감 탱글거리겠지
어차피 세상은
적자생존인 것을

제목 : 가지치기
시낭송 : 최명자
스마트폰으로 QR 코드를 스캔하면
시낭송을 감상할 수 있습니다.

8

배동 비료

방기말 무논 비료 한 포 반 살포기 등에 지고
몸무게까지 짓눌러 종아리 넘어 푹푹 빠져
한 발 옮겨 딛기조차 힘든다

칠월의 뙤약볕에 등줄기 솟아난 땀
등골을 타고 내려 물신 가득 차올라
뿌룩뿌룩 소리 내고 목구멍까지 차오른
날숨 들숨 헉헉댄다

논 뒤 둑 옥수수밭
할아버지 마른 수염 날리며 손자 손녀
옆구리 끼고 내 모습에 실실거리시고
놀란 노루 용수철 튀듯 튀어 올라 뛰며
목 쭉 빼고 뒤돌아본다

살포기 굉음과 함께
비료 낱알 공중으로 포물선 그리니
벼들 좋아서 살랑이며 벼 이삭 만들고
농심도 미소 지으며 풍년의 꿈에 젖는다

산다는 것은 가슴 울리는 한 편의 시다

어젯밤 어무이
"큰아야, 강냉이 바람에 자빠짓던데
비가 소 좀 믹이라"
"……"
하루가 흘렀다
괜한 기 싸움에 가슴이 사그락거린다
점심 드시다 어무이
"내 말이 말 같잖나"
"……"
밥숟갈 놓고 경운기 시동 걸어 방기말 옥수수밭에 왔다
옥수수 베며 생각하니 후회가 엄습한다
어무이 말씀이 내 생각과 다르다고 침묵 시위한
꼴잡한 자신이 밉다
산다는 것은
나의 멋진 삶으로 상대의 가슴을 울리는 일임을
알면서도 비둘기 복통 같은 행동을 했으니……
어무이가 사시면 얼마나 사신다고
평생 일로 한세월 보낸 삶
더운데 좀 쉬시고 경로당에나 가시고
수없이 말씀드려도 단 한 번 들어주신 적 없다
황소 목을 휘어도 어무이 똥고집 앞엔 무너진다
포기했다
걸레로 행주를 해도 먼 산 보는 게 편하다

평생 굳어진 삶의 방식이 바뀌긴 힘들다
알면서도 순간 반항아가 된 현실에
사람이기 때문에 아님 덜 성숙된 격일까
햇살이 따갑다
낫으로 옥수수 아름아름 베서 경운기 터지게
싣고 소막사 들어서니
어무이 환하게 웃으시며
"큰아야 더운데 만다꼬 비러 갔노"
소리치며 돌아서신다
그래 산다는 것은
나의 멋스런 말과 행동으로 더불어 사는
상대의 가슴짝을 때리는 일이다
말로만 사랑해 앵무새처럼 외쳐댈 것이
아니라 피곤에 지쳐 잠든 아내 모르게
세탁기라도 한 번 돌려 볼 일이다
삶은 가슴 울리는 한 편의 시다

흙 맛

모판 이천 개 깔아놓고 뒤돌아보니
하얀 부직포 위에 누워 잠들고 싶다
벼농사 절반이 못자리 관리
싹 틔워 입까지 팔십팔 구비

농부 발걸음에 벼들은 서로를 감싸고
태풍 홍수 가뭄 땡볕 지난 영글
황금벌판 일렁이는 꿈도 찰나지간

쌀값 폭락 소비자 비싸다 투덜거림
농산물 개방에 농심은 피멍이 들고
가슴을 후벼 파도 손톱이 없네

아픈 줄 알면서 흙의 유혹에 젖어
오늘도 흙을 파서 꿈을 심는다
흙을 찍어 맛본다
쓰다 달다 쌉싸름하다 아니 무맛이다

흙 맛 2

맨손으로 땅을 파니
어머니 젖가슴처럼 따스하다

풀씨가 앉아도
수양버들 홀씨 날아 안겨도
농부가 씨앗 뿌려도
어느 것 하나 거부하지 않는다

두더지 살을 파도
땅강아지 핏줄을 끊어도
지렁이 온몸 들쑤셔도
가슴으로 안아 뿌린 만큼 돌려준다

썩은 것
덜 썩은 것
가림 없이 품어
정화된 피로 꽃대를 밀어 올린다

깡마른 흩뿌린 씨앗 보듬고
푸른 목줄로 춤추게 한 사랑
보드란 흙의 가슴에는
어머니 젖 맛이 난다

흙 맛 3

당신과 함께 도구 쳤던 안골논
이젠 혼자 삽질을 합니다

당신께서 맨발로 밟으신 발자국에
가을비 고여 남실거렸던
바가지 미꾸라지 담아 뒤따르며
마냥 즐거웠던 순간이 도구 따라 일렁입니다

짜지리한 논바닥 벼 포기 뽑아
물길을 타면 누런 미꾸라지 뺄을 휘감는 순간
잽싸게 낚아채 흡족한 미소 짓던 당신

무논에 빠져 쏟아버린 미꾸라지
놀란 얼굴 뻘 칠갑 울음소리에
이눔아, 조심하지 않고 몇 마리 주워 담고
뒤돌아 삽질하시던 모습 가을비에 녹아 흐릅니다

한 삽 두 삽 퍼 올린 흙에서
아버지 당신 발가락 땀 내음 녹은
짭조름한 맛 가슴으로 스며듭니다

살 처 분

우람한 장정 네 명이 시커먼 얼굴에
모잘랑 푹 뒤집어쓰고 밧줄로 주둥이 묶고
귀로 걸어 두 사람 밀고 한 사람 당기고
그래도 버티면 몽둥이로 두드리고
꼬리 꺾어 차에 싣는다
"몇 마리고?"
"마흔 세 마리입니다"
소차 뒷문이 열리고 육백 칠십 킬로그램 소리치자
순둥이, 쌍둥이 새끼를 옆에 끼고
구덩이 쪽으로 끌려간다
"귀표번호10022467"
– 확인 !
도수, 입술을 깨물며 납탄총으로 정수리에 쏜다
집채 넘어가듯 쓰러진 어미소
퉁퉁 불어 있는 젖통
쌍둥이 송아지 젖꼭지를 물고 빨아 댄다
– 꿀꺽꿀꺽
또 다른 도수 뾰쪽한 망치로 송아지들을……

때론 말이다

석남사 계곡 옹달샘
조신하게 산길 걸어
흙탕물 우글대는 큰 개울 앞에 두고
뱅뱅 돌다 거슬러 올라 웅덩이에 잠들었다

때론 말이다
제 살 깎는 아픔도
나 섞어 우리 만들고
함께하여 우당탕거려
더불은 순간도 필요하더라

스스로 깨끗다 돌아서더니
함께하여 바다 감을 모르고
주저앉고 말더라

무 화 과

무화과나무 아래 누웠다
알몸인 줄 자각한 순간
우윳빛 흐르는 이파리 엮어
부끄럼 가린 사연 알겠다

바늘구멍 창으로
궁합 딱 맞는 말벌 날아들어
사랑의 불 지핀 순간
암수한몸 은둔화서
일제히 잠에서 깨어
본능의 움직임에 스민다

자줏빛 탱글한 꽃받침 속에
검붉은 열정 휘감아
융털 같은 속살 감미로움
호흡이 정지된 절정의 단말마
쩍 갈라진
분출된 용암의 흘러내림

눈으로만 보고서
속 깊은 진실 외면한 이름
개명하라 흐느낀다

책갈피에 핀 가시내

태화강 제방 둑
신이 연습하다 만든 살사리꽃
갈바람에 흔들려
머시매 가슴 떨리게 한다

실낱같은 이파리 사이로
청초한 가시내 하얀 목덜미
빨간 부끄럼 살짝 숨긴 순정

파란 하늘 저만치 두고
가녀린 몸 비튼 하얀 미소
빡빡머리 머시매 정신줄 놓고

연분홍 여덟 이파리
책갈피 살짝 눌러
순수한 영혼 쏙 빼 말려
떨리는 손 살짝 닿자
가시내
수줍은 내음으로 피었다
머시매
까만 밤 하얗게 채색한다

불 청 객

농촌 가을 들녘
누렇게 익은 벼 지키려 허수아비 만드는데
들판에 배낭 지고 페트병 든 사람 북적인다

메뚜기 완전식품 티브이 떠들더니
메뚜기 사냥에 나선 도시 사람들
잡으려는 자 도망가는 자

나락이야 뽀개지든 말든
나가라 외쳐도 귀머거리 된 양
메뚜기 찾아 허덕인다

열애 중인 메뚜기
짝을 찾아 헤매는 메뚜기
나락 이파리 사이로 숨어도
매미채 휘두름에 생포되고
낟알은 사방으로 튀고

가뭄 태풍 지난 영글음
메뚜기 농심을 파먹더니 업일런가
지금 농촌 들녘 불청객 손발에
메뚜기 사랑이 죽고
발아래 농심이 멍든다

나락 : 벼

19

강제 철거

겨우내 푸르름 버텨온 마늘
뿌리째 뽑혀 어지러이 흩어져
봄바람에 말라 간다

지난해 늦가을 시린 손 불며
한 쪽이 육 쪽 되는 꿈 심었는데
까치 발아래 파헤쳐지네

밭 귀퉁이 살구나무 위 집 지어
나명들명 부리로 쪼아 심술부려 놓고
기분 좋은지 때깍때깍 꼬리 춤

톱 차고 나무에 올라
베어버리니 까치집 산산이 흩어지네
고소한 미소 뒤에 가슴 짠한 미안함

부서진 까치집 보지 않으려
도망치듯 돌아서니 발악한 울부짖음
때깍때깍 농심은 똥심이다

뒤통수 후려치는 욕지거리
끝까지 모른 척 먼 산을 본다

유모차는 호미가 탄다

땅거미 내리면 천전마을 골목길
유모차 앞세운 할머니들 호미 싣고
집으로 간다

밥 짓는 연기 낭만의 추억 속에 숨고
젊음 없는 골목길 아이들 소리 대신
개 짖는 소리만 가끔 들리고

동네 회관엔 할머니 꽉 차있고
들판엔 머리 허연 할아버지 서넛이
반복되는 영농법 삶의 질은 그대로

평생 일에 젖어 골병만 남아
아야 아야 소리
마실은 노인 병동이다

유모차 애기 태운 골목길
젊음 요동치는 싱그런 들판
꿈에서나 볼 일이다

농촌은 늙어 가고
대를 이어 갈 젊음이 없다
생명산업이 죽어 가고 있는데

배내골 파래소 폭포

하늘이 쏟아지는
호탕한 하얀 웃음소리
산이 흔들리고 있다

높은 절벽에서
스스로 깨어지는 처연함
순간에 환생하는 신령함

떨어져 부서짐으로
통증을 토해내는
장엄한 헌신

얼마나 울어야
퍼렇게 멍든 가슴 드러내고
하얗게 웃을 수 있을까

추락함으로 겸손해진
부서짐으로 투명해진
네 장엄한 웃음에 합류한다

물싸움

새벽 다섯 시
물꼬보러 가는데
마실 뒤뜰 고래고래 패악치는 소리
나전댁 아지매 논이 말라
밤새 남의 집 보를 파서 물을 대어
주인과 죽일 놈 살릴 년 삿대질
사생결단 싸운다
다리 아픈 아지매 논바닥 갈라지니
정신줄 놓았다
가뭄이 온정 가득한 이웃마저 갈라놓고
순박한 농심마저 메마르게 한다
자식 입에 밥 내 논에 물 들어갈 때
행복하다 했던가
싸운들 물은 흘러가버린 것을
물싸움 말리고 감정이 무뎌지자
멋쩍은 듯 먼 산을 보고 있다
세상에 가장 싱겁고도 끔찍한 물싸움
한줄기 비면 평정될 것을
하늘은 파랗다
햇살이 따갑다

여름 씻기

배내골 왕방산 중턱 조상님 산소
발 재낄 틈 없이 가팔라
낫질 힘들어 숨차 오른 탑탑함으로
성지계곡 물소리에 유혹된다

낫 던지고 골짝 내려서니
원시림 그대로 이끼 감싸고
웅덩이로 떨어지는 물줄기
망사 걸친 속살로 휘감아 온다

팔 벌린 알몸으로 안긴
세포로 스미는 짜릿한 쾌감
물 위에 누워 보니 웃음 절로 나고
고목 사이 가을 하늘 훔쳐보고 있다

송사리떼 간지럼힘에 히죽거리고
가슴에 타올랐던
뜨거운 불덩이 씻기운다
여름이 흘러간다.

사랑의 자유

우리 집 노랑이
봄기운 나른함에 졸다가
길손 발걸음 두 귀 세우고
가끔 풀어놓은 암캐 흘린 분 내음에 킁킁거리고
목이 터져라 짖어대며
목줄이 떨어지게 튀어 오름 반복하고
요행히 정분 난 암캐가 가까이 오면
끙끙거리며 몸을 비틀고 뒤집어
하늘을 향해 거시기 내놓고 꽉 차오른 체액을
뚝뚝 흘리며 치를 떨고 있다

노랑이 사랑의 거리는 목줄 길이만큼이니
평생 사랑 한 번 하기는 하늘 별 따기
끙끙거리는 소리 밥 달라는 줄 알고
먹다 남은 뼈다귀 들고 가신 어무이 다리
끌어안고 감탕질해대고 있다

"야가 와카노" 떼어 내는 순간
어무이 눈치 슬쩍 보다가
에라이 모르겠다
목줄을 잘라버리고 하늘 보고 웃었다

25

아들아

사랑하는 아들
너와 나 부자의 연으로 만나
선택할 수 없는 숙명 속에 성장이란
이름으로 둥지를 떠나가는구나

인연은 스쳐 갈, 담아둘, 잊지 못할,
영원히 함께할 인연도 있더구나
벌나비 꽃을 향해 날아 사랑 피우듯
서로가 서로를 어루만지는 눈길이
아름답구나

사랑은 서로 다른 환경에서
서로 다른 성격으로 만나
서로의 눈물을 닦는 일이다
사랑은 서로의 색깔을 존중하고
서로가 물들이려 하지 말고
서로에게 젖어 가는 것이다

작은 것에 감사하고
나를 비우고 또 비워
너를 채우고 또 채워
손잡고 동행하는 순간까지
마주 보는 떨림으로
보이지 않는 믿음으로
서로를 끝없이 배려하고
서로 편히 기대는 따스함으로
예쁜 인연 가꾸어라

세상에 젤 멍충이는
여자에게 이기려 발악하는 남자더라
비둘기 복통만 한 여자 가슴 하나
가슴에 품지 못하면 세상도 품을 수 없더라
어떤 것도 바라지 말고 끝없이 주어라
지상에서 가장 어려운 것은 좋은 인연을
만나는 것이고 그보다 더 어려운 것은
만난 인연을 소중히 지키는 것이다

아들아.
아들이 태어날 땐 너 혼자 울고
모두는 좋아서 웃었다
아들이 이 세상 여행 끝내는 순간
너 혼자 미소 짓고
모두가 통곡하는 멋진 삶 살려무나
아들아 사랑한다

27

배신감

만당 감나무밭 귀퉁이
수수 익어간다
비둘기 콩새 참새 달라붙어
포식하고 있다
양파망으로도 감당이 안 돼 그물망 쳤다

어무이 걱정돼 밭에 가셨는데
비둘기 두 마리 거물에 걸려 퍼덕인다
한 시간 걸려 비둘기 풀어 양파망에 넣어
볶아 드실 생각에 미소 머금으신다
비둘기 잡고 혼잣말로 중얼거리신다
"삐둘키야 삐둘키야
눈까리가 판돌빤돌 우찌 고리 이뿌노
착하기도 하겠다
니 이름은 삐둘키 내 이름은 최위조
죽은 우리 언니 이름은 최금주다
우리 언니 착했는데 니도 언니 본받아 다시는
수시밭에 오지마라
살리 주꾸마 니 친구들 있고도 말해라
알았제 삐둘키야"
독백 끝나자 비둘기 날려 보내셨다

다음날 수수밭에

비둘기 떼로 몰려 수수를 먹고 있다

어무이

삐둘키에게 속았다며

억울하고 원통하다시며 저녁 굶고 주무셨다

그리움

호흡마저 정지된
밤의 길섶

그리움 흘러
숨겨진 비경을 적시고
설렘의 껴안음으로
틈이 잦아든다

수줍음으로 감춰진
속살의 은밀한 노래는
꺾어 버려져선 안 될
한 떨기 꽃을 감싸고
허우적거린다

심장의 주파수가 합체되면
그리움 날아갈까

홑이불 끌어안고 쥐었다 폈다
엎치락뒤치락 베갯잇 뒤집었다
누웠다 앉았다
앉았다 섰다
날이 밝아온다

풀 먹인 삼베 홑이불
움켜쥔 자국 선명한데

들깨의 아픔

메뚜기 톡톡 튀는 밭둑
손길 못 미쳐 잡초와 더불어 자라
용케도 송이송이 박힌 들깨

가을 햇살에 몸을 말려
도리깨로 퍽퍽 두들겨 맞는다
그냥 때리기 애처로워
괜스레 허공을 빙 돌려 후려친다

촤르르 쏟아지는 알맹이
연못에 가는 비 퍼붓듯 흐른다
얼기미 채질하고
키질 거친 앙증맞은 네 모습
곱기도 하구나

가을 들녘에 깨가 쏟아지고
농심이 톡톡 튀고 있다

기쁨도 잠시
가슴 한켠 어두운 그림자
중국산 쏟아져 힘 빠진 농촌
들깨도 아프다

흔적

산모롱이 보리밭 귀퉁이
뽕나무 가지에
뻐꾸기 애끓는 울음으로 뱁새 둥지
지키고 있다

알을 품던 뱁새 잠깐 비운 틈새
뻐꾸기 날아들어 슬그머니
탁란하고 미친 듯이 도망 나온다

뱁새 지극정성 품어 부화하자
뻐꾸기 새끼 본능적인 살생을 시작
깨어난 뱁새 떨어뜨리고
남은 알마저 밀어버린다

먹이 독차지한 뻐꾸기
뱁새 다 크게 될 쯤
뻐꾹뻐꾹 울음 따라 둥지를 떠난다

이른 봄 둥지 엮어 알콩달콩 사랑하여
깃털 빠지게 키웠으니
꿈엔들 뻐꾸기인 줄 알았으랴

뱁새도 자기 새끼
뻐꾸기도 자기 새끼
빈 둥지 덩그러니 진실을 숨기고
시치미 떼고 있다

담쟁이

언양읍성 무너진 성벽을
담쟁이 기어올라 더 이상 오를 곳 없어
덩굴손 허공을 물컹거리고 있다

이젠 멈추어라
저 너머엔 절벽이다
바닥부터 한 땀 한 땀 디딜 틈 없었어도
스스로 촉수 녹여 붙인 고통으로
결국 성벽을 밟고 섰으니

이젠 멈추어라
모두가 불가능이라 외칠 때
진액으로 몽그라진 촉수 더듬어 나보란 듯
절망은 이렇게 넘는 거야 웃으며
성벽을 밟고 섰으니

이젠 멈추어라
항거할 수 없는 돌덩이 앞에
모두가 힘들다 소리칠 때
여린 손으로 성벽을 기어올라
해맑게 웃으며
누구도 그리지 못한 벽화마저
완성했으니

제비꽃

새마을 운동 새벽종 울려 퍼질 때
골목길 아이들 쪼그리고 앉아 쌀밥
보리밥 놀이하던 제비꽃
콘크리트로 묻어버렸다

경운기 트랙터 쿵쾅거림에
바닥이 울려 벽 사이 갈라진 틈새
먼지 쌓이고 봄비 스민 긴 세월
암흑 속 말라가던 생명 기다림 뚫고 나왔다

행인들 밟힘 똥개들의 배설물
고양이 발톱 할큄에도 아랑곳 않고
끈질긴 이파리 내고 꽃대궁 밀어 올린
자줏빛 부끄럼에 숙연해진다

이름 속에 끈질긴 지조의 아픈 전설
올망졸망 매달고
해맑게 웃고 조잘대는 모습에
옷깃을 여민다

목마른 침묵의 긴 기다림
스스로 부서진 틈새
실낱같은 빛 따라 꽃 피운 열정 앞에
환희의 미소를 보낸다

산골마을 봄바람 불면

배내골 봄바람 내려
떠꺼머리총각 물구리 나뭇짐이
생강나무 꽃다발 되었다

갱미소 빨래하던 처녀
꽃짐향에 취해 가슴 도리질
홍조 띤 얼굴로 죄 없는 빨랫방망이
고쟁이 뚫어져라 두들긴다

물구리 나뭇짐 속 연분홍 진달래
한 움큼 대롱대롱 사랑을 고백하니
손바닥만 한 하늘 아래 봄 향기 깝북하고
무명치마 삼베바지 젖어 흐른다

쑥버무리 술찌끼로 끼니 때운 춘궁기라도
온 산 불타고 쑥쑥새 애닯게 우니
사랑이 굼실굼실 담을 넘는다

출가

둥둥 두둥둥
법고가 울려 퍼진다
득도한 노승 환희심에
축생의 번뇌가 날아간다

둥둥 두둥 따다둥
꽃잎이 떨어진다
세상을 향한 법고의 떨림
온갖 욕망이 씻겨 나간다

일주문 기대선 할머니
흰 옷고름 매만지다 여미고
주름진 얼굴에 또르륵 회한의
눈물이 떨어진다

둥둥 딱
마지막 법고의 울림과 함께
살짝 돌아서는 할머니 입가엔
해탈의 미소가 피어난다

나리꽃

억새 잡풀 비집고 꽃대
밀어 올린 나리 마지막 힘주어
꽃망울 깨려는 찰라
널 너무 사랑한 사람 손에 꺾여
거실 화병에 활짝 피었건만
벌 나비 없어라
존재의 순간이 무너졌다
소유하면 존재는 소멸하고
존재하면 소유할 수 없는 갈등
공존을 위해 뿌리째 화분에
옮겼어도 영원할 수 없는 것
아, 그냥 두고 맘에 심을 것을

신불산 아리랑

오색 음표 따라 피아노 건반이 움직인다
선율은 바람을 타고 하늘의 별이 된다
새들은 날개를 펴고
짐승들은 앞발을 들고
사람들은 팔을 벌려 덩실덩실 춤을 춘다

흰 소매 끝이 한을 토해낸다
들썩임은 발아래 엉킨 억새밭을 깨우고
휘감아 도는 치맛자락은 억새의 솜털을
떨군다
아…… 알몸으로 흐른다

맑고 청아한 신불산
사랑도 미움도 다 버리고
억새, 바람처럼 놀아 봐요
일만 입술 아리랑에 젖는다
일만 입술 억새가 된다

구절초

간월재 억새길로
하얀 사랑이 흔들린다
불어오는 가을바람에
무명 앞치마 동여매고
살짝 미소 지음 끝에 깨문 설움
흔들리지 않으려 앙버티어도
아홉 음절
가락에 흔들린다

외로움 삼키며 지나온
엄마 가슴에 담긴 사랑
흔들림에 놀라 삐져나온
그리움으로 웅크린 떨림
살짝 깨물어 보니 엄마 냄새 배인
하얀 그리움이다

산등성 사잇길 모롱이
무더기 목 쭉 빼고
기다림에 젖은 구절초
엄니 풀 먹인 손수건처럼 걸려
그리움 말리고 있다

간월재 억새길 사이로
취기 오른 아버지 장보따리 짊어진 귀갓길 터벅이는 발걸음 따라
하얀 그리움 흔들린다

아부지
고운 꽃 이파리 갈바람에 상할까 저어
돌아돌아봅니다

잠옷 된 나일론 치마

저녁을 드신 어무이
헌 옷 박스에서 사십삼 년 입은
나일론 치마를 꺼내신다
바늘에 실을 꿰어
잠옷 바지 만든다고 하신다
버리자니까
들은 체도 안 하신다
어무이 화장실 가신 사이
쓰레기통에 쑤셔 넣었다
어무이 한참 찾다 발견하시곤
야가 와 카노
다시 꺼내 바느질을 하시며
좋으면 뭐하노 편하면 되지
아직 떨어질라 하면
내 죽을 때까지 입어야 된다고 하신다

우케가 먼저다

그물망에 우케 말려놓고
눈물샘 막힌 어무이 모시고
병원 가는 길
투두둑 뚝뚝 빗방울
차창을 때린다

핸들 꺾어 돌아와
우케를 쳐 덮고서야 한숨 몰아쉬고
차에 올라 백미러 보니
입이 닷 발이나 튀어나오신 어무이

미안하고 미안한 맘
농심은 천심인데 죄진 맘
예나 지금이나
농촌 마당에는
어머니 처자식보다 우케가 먼저다

미주구리

어젯밤 어무이 뜬금없이
큰아야, 장날이 언제고 하신다
"일인데 와요?"
"아니 그냥" 하시곤 주무신다

언양장에 들러
미주구리 오천 원
찹쌀 호떡 세 개 이천 원
뜬 비지 한 뭉치 천 원
손두부 한 모 이천 원
미역 한 묶음 이천 원
장바구니 그득하다

무채 썰어 미역 듬성듬성
쪽파 껑충껑충 마늘 통통 다져
미주구리 고추장 식초 설탕 감으로 대충
주물럭 새콤달콤 통깨 철철
어무이, 드시소

호떡 드시며 기다리시다
틀니 따닥이시며 눈물 찔끔
호호하시며 열심히 드신다

큰 사발에 한 그릇 다 드시고
흡족한 미소 지며
아따 맛있다 하시고
끄떡끄떡 졸고 계신다

나이 들면 먹고 싶어도 못 먹고
가고 싶어도 못 간다
당신의 의지대로 되는 게 없다

물꽃

벼 잎에 내려앉은 가랑비
또로록 합체 물꽃 피워
맑은 가슴 드러내고
도란도란 사랑에 빠졌다

떨어질 듯 흔들흔들
부자유스런 이파리 딛고 있는 빛남
살짝 다가가 가슴 비추니
프리즘 되어 투영된 무지갯빛 사랑이다

한자락 바람에 떨어질
한 줄기 가을 햇살에 사라질
찰나의 사랑으로 핀 물꽃
살포시 입술 닿으면
가슴에 안길 사랑

피어 순간에 사라질지라도
투명한 절정에 소리치는
한 떨기 꽃이고 싶다

이별

초산이고 겨울이라 걱정된다
산후통이 점점 강해지는 어미소
순산하기만을 빌고 빈다
네 다리 쭉 뻗고 힘을 다해도 발 두 개만
들락날락한다
네 시간 지나도 머리는 보이질 않는다
나일론 끈과 짧은 막대를 쥐고 분만칸 들어갔다
수의용 장갑 끼고 어미소 자궁을 더듬었다
목이 옆으로 꺾여져 있는 송아지
목을 바로 세우고 앞발굽 끈 매어 당겼다
송아지 나오질 않는다
경운기 시동을 걸었다
"서씨 아저씨" 서서히 출발해요
"계속 쭉 나가요"
송아지 콧잔등 보이고
어미소 죽는 소리 지르고
퍽 쏟아진 애기집

사랑하는 딸

아버지 간호에 지쳐 불편한 소파에 새우잠
빠진 네 모습 보며 조금은 미안한 맘속에
지난 시간 젖어든다
스물다섯 해 너를 키우며 때론 웃고 때론
아렸던 순간들 딱히 풍부한 경제적 자유도
아버지 사랑도 주지 못하고 야생마처럼 방목시킨
교육 방법이 서운했지는 않았니?
결과보다 과정 단 한 번도 공부하라 소리 안해서
딸에 대한 무관심의 극치라 항변하던 네 모습
아버지 정이 부족해 조금은 까칠한 성격 경제적
관념이 좀 부족해도 인간관계는 원만한 딸
대학 4년 조기 취업해서 직장 생활할 때 힘들어
하는 모습 보며 돌아서 가슴 저몄던 아버지의 못난
자책의 순간도 모두 씻어 낸단다
사랑하는 내 소중한 딸아
보름 동안 네 모습 지켜보고 아빠는 무척이나 행복했고
딸에 대한 믿음 가진다
새로운 직장 출발 앞에 딸이 쓴 자기소개서 훔쳐 보며
아버지 가슴은 세상 그 어떤 부귀보다 딸의 멋진 영혼에
감사하고 또 감사했단다
지난 시간들 항상 부족해서 미안했고
빈자리 채워주지 못한 사랑 투박한 아버지 사랑으로
남은 시간 채워 주도록 노력하마

아빠 곁에 있어 줘 고맙고
다가오는 새해부터 멋진 꿈 야심 찬 삶 응원하마
딸 사랑한다
아버지는 딸의 아버지 임이 한없이 자랑스럽다
남은 날들 감동으로 이어지는 삶 살아 보자
고맙다 딸

천둥지기

지난봄
발아래 꼴짝 물 흐르는 걸 보며
역류할 수 없는 갈증으로
돌아앉아 꺼이꺼이 울었던 천둥지기

모내기 끝자락에도
먼지 폴폴 났던 육신
갈라진 가슴
긴 긴 가뭄
하늘만 바라보며
그리움에 치를 떨었다

마른하늘 뇌성에도
콩닥거린 심장의 떨림
다행히도
한줄기 소나기로 잉태한 씨앗

모진 가뭄 견디고서
알알이 옹골찬 사랑
엄마 젖줄 그리웠던 순간
도란도란 회상한다

하하 호호 푸른 하늘이고서
천둥지기 가슴에 가을이 익는다

한 톨

가을비 탓에 논바닥이 뻘밭
콤바인 힘겨워 뒤뚱거리며
벼를 삼킨다

푹푹 빠지는 궤도 사이로
삐져나온 벼이삭 달랑달랑
동반할 수 없는 아쉬운 눈빛이다

콤바인 멈추고 뻘 묻은 벼이삭
낫으로 베어 탈곡 통 넣으니
벼알이 톡토툭 떨어지며 웃는다

경제적 논리로 접근할 수 없는
한 톨의 벼이삭일지라도
농심의 깊디깊은 사랑이 숨어 있다

반구대 암각화

오천 년 전
반구대 포구에 고래 쉰여덟 마리 나타나
돌고래 파도 타고 큰고래 아기 등에 업고
긴수염고래 물기둥 뿜어 장관이다

멧돼지 배 갈라 내장 씹던 원시 기마족
눈에 섬광을 뿜으며 통나무배 엮어 타고
물 뿜는 고래 아가미 작살을 내리꽂자
미친 듯 내달리고 원시 십팔 전사 목숨
걸고 얻은 전리품 북쪽 화강암에 걸었다

발 구르며 축제의 작살 춤으로
화강암에 음각하니 하늘이 놀라
지각을 움직이고 혼펠스 작용으로
수천 년 잠을 자다 깨어난 반구대
암각화 고래가 물을 뿜는다

한반도 역사
고래의 울음과 함께 시작했고
오천 년 깊은 잠에 빠졌던 조상들의
용맹과 기상 부활의 몸짓으로
세계 역사를 바꾸고 있다

방생 아닌 방생

가을비 내린다
바라지도 않는
들녘 벼들 막바지 영글음 바쁜데
방해를 하고 있다
골에 논 물꼬 막고 뒤 도구 물 빼는데
한 삽 두 삽 흙을 푸니 미꾸라지
몸을 튕긴다
잽싸게 비료 포대에 담는다
반복되는 삽질 미꾸라지 모이고
돌 틈에 가재도 나온다
추어탕 생각에 망설이다가
도구에 다시 살려 주니
감사하다는 듯
가재는 뒷걸음으로 돌 틈에 들고
미꾸라지 폭폭 몸을 숨긴다
쓸데없는
가을비 내린다

망초꽃

유월의 저녁놀
등진 주막집
아낙네 희롱하다
뒷발 차인
아부지

홧김에

콩밭 매고 지친
허벅지에
폭정 퍼붓자
삼베적삼 옷고름
깨물던 어무이

한숨소리 흐른 뒤

사랑이
슬픔이
이별이
탄생이
꿈틀대는 자궁 속은
동백보다 붉다

시침 뚝 떼고
산하를 메우고
해맑게 웃고 있다

아프다
밟지 마라
삼베적삼 실올
어금니로
잘근잘근 씹어 핀 꽃

벌초

부자의 연으로 이어진 끈을 잡고 당신께서
누워 계신 작은 방을 청소합니다.
아홉 남매 틈바구니에서 굶주림 일상으로
여기던 시절 6 · 25 참전으로 팔 다리 어깨
손가락 관통상 전쟁의 후유증 속에 산골 마을
화전 밭 일구며 우리 육 남매 길러 내시고 예순아홉
이 세상 소풍 끝내는 순간까지 삼십 년
마을 이장 술로 보낸 세월 당신께서 드신 술
바다를 이루었겠지요.
배내골에서 석남사까지 설계도 한 장 없이
꽁보리밥 도시락 불도저 한 대로 석 달 만에
최초 신작로 내신 당신! 좋은 추억보다 나쁜
기억 많이 심어준 당신! 술만 드시면 온 가족
밤샘하게 하는 기술! 밥상이 비행 접시 되기 다반사
술 취한 당신 피해 삼동 겨울에 짚동
구멍에 밤 지샌 기억! 그런 당신이셨지만 정직
하고 강직함 가르친 당신! 잔정이 없기에 부자정
몰랐어도 큰아들 입대 시 뒷모습 보기 싫어
먼 산 보시며 돌아서 어깨 들썩이던 모습에
난생처음 당신의 사랑을 알았습니다
젊어 건강 돌보시지 않아 당뇨 눈 코 아파 고생하시고
이 세상 긴 여행 마감하던 순간
몰핀 세 대나 맞아도 고통으로 괴로워 하시던 모습

그 고통 속에서도 "큰아야 다리 아프제 앉거라"
그것이 당신께서 남긴 마지막 사랑이셨습니다
당신께서 가신 후 충격으로 쓰러지신 어머니
평생 당신 만나 일로 한세월!그런 어머니 위해
제 인생 반을 접었어도 후회는 없네요
오늘도 추석맞이 당신께서 누워계신 방청소하고
소주 한잔 올리옵니다
머리 땅에 닿는 순간 땀으로 위장한 눈물이
범벅되어 가슴을 적심은 당신을 향한 목마름 일까요?
더 옆에 앉아 있지 못하고 돌아섭니다

도구 치기

방기말 무논
삽으로 도구를 친다

미꾸라지 놀라 튀어 오르고
땅강아지 헤엄쳐 구멍 뚫고
돌 틈 가재 뒷걸음 줄행랑
물방개 빙빙 돌고
삽질은 계속된다

하늘은 높푸르고
단풍은 옷을 갈아입고
억새 손짓 유혹을 해도 땅만 판다

어둠이 깔린다
비로소 삽질이 멈추었다
뒤돌아보니 일한 결과 뚜렷하다
웃음이 난다

힘들어도 수확의 꿈이 있어 웃었다
할배도 그랬고
아부지도 그랬고
나도 그랬다

그런데,

나 뒤에는 삽질할 사람이 없다

콩 심어 콩 나는 세상이 없어져 간다

솎아진 인생

방기말 무밭에 앉아
씨앗 떨어진 자리 소물게 올라와
굵게 키우기 위해 적당한 간격으로 솎아낸다

연약하게 자란 것
똑같이 자라도 손 간 자리 있는 것
끝까지 삶을 다하지 못하고 솎음을
당하고 있다

무가 할 수 있는 일은 없다
무김치 시래깃국 주인공이 됨이
그나마 얼마나 다행인가

살다 보면 우리네 삶도
솎아져 삶의 흐름이 바뀔 때가 있어도
아름다운 삶에 무시래기보다 못한
인생은 될 수 없지 않은가

사랑의 대가

월하향 잎사귀 속 사마귀
일곱 시간 째 격렬한 사랑을 나누고
힘 빠져 나른한 순간 암놈에게 잡혀
머리째 먹히고 있다

유혹의 향기에 꼬들켜
단 한 번 달콤한 사랑의 대가
자기 닮은 유전자 위대한 탄생을
명분으로 기쁘게 먹혔을까

머리 갉아 가슴 배 마지막 꽁지 꿀꺽
앞다리로 입 씻고 툭 튀어나온
투명한 눈 뛰룩뛰룩 굴리며 아무 일 없다는 듯
흔적을 지우고 있다

내 사마귀라면
네랑 맞짱을 뜨고 싶네만
어설프게 마지막 힘까지 쏟아부어
먹히지는 않을지니

덫

어둠이 내릴 무렵
왕거미 큰 나뭇가지에서
바람 타고 맞은편 가지에 오가며
꽁지에 투명한 끈끈이 사출하며
덫을 놓고 있다

바람을 이용한 번지점프
빙빙 돌며 밖에서 안으로 한 코
한 코 투명한 그물을 엮어 가더니
중앙에 죽은 듯 먹이를 기다린다

잠자리 멋 내며 날다
보이지 않는 거미줄에 걸려들어
파닥일수록 옥죄어지고
주검 되어 체액을 빨리고 있다

죽음의 그림자 모르고 조심성 없이
멋 부리다 거미밥 자초한 네 모습
방관한 공모자의 가슴도 저민다

먹고 먹히는 인간사
생존을 위함이야 그렇다 치고
부른 배 더 누리기 위한 탐욕의 덫은
어찌할고
갈 땐 손 펴고 가는데

파도

가슴을 스스로 두들겨
퍼렇게 멍들었다

밀려와 안긴
절정의 순간으로 치달은
경련을 반복한다

밤이면
제 몸을 돌덩이에 쥐어박아
하얀 그리움 철철 흘리며
꺼이꺼이 운다

엉성한 가슴팍
깨어져 멍들고
부서진 조각들은
짜 맞추기를 반복한다

자기 의지는 없다
바람의 뜻이다
파도라 부른다

밑지는 장사

이웃집 할매 양식 없다고
타작해 달라고 다섯 번 찾아왔네
잠시 짬을 내 타작해 주는데
와그작 소리 가슴이 쿵 한다
보나 마나 이빨 깨졌다
내려와 보니 미꾸라지 통발에
콤바인 칼날 부러졌다
논 두 마지기 베는데 십만 원
칼날 바꾸면 이십만 원
허허 웃음 난다
살다 보면 이런 날도 있다
살다 보면 말이다

각본 없는 연극

무논이라 아직 물기 남아
질척한 논 벼를 벤다
콤바인 궤도 좌우 회전에
땅이 밀리고 파인 자리
누런 배 뒤집고 파닥이는
미꾸라지 미안한 맘

넓디넓은 논들에
하필 궤도 지난 자리
겨울잠 둥지 틀 게 뭐냐
너인들 날벼락 예측했으랴
콤바인 세우고 지난 자리
다시 덮어 주고 돌아선다

우리네 삶도 내 뜻과 다르게
소용돌이에 휩쓸려 황당한 순간
슬픈 웃음으로 각본 없는 연극의
주인공으로 등장할 때가 있느니

공 존

안골 산답 물을 넣고
트랙터로 써레질한다
흙과 물 서로 상극
흙은 물을 막고 빨아 삼킨다
물이 없으면 메마른 땅
물이 많으면 습지가 된다
물과 흙 적당히 필요한 비율 기대어
식물을 키우고 결실을 맺게 한다
모내기 위해 논을 써레질하면
물이 많아도 적어도 안 된다
농부는 오랜 경험으로 물과 흙의
적당한 비율을 직감적으로 안다
농부는 물과 흙을 조정해서 작물이
원하는 환경을 만든다
상극을 상생으로 요리하는 농심은
자연의 일부다
치우침이 없는 삶을 안다

가을의 시

먼 산 단풍
들녘의 누런 물결
한 폭 수채화처럼 흐르고
표현할 단어마저 떠오르지 않게
아름답게 가을이 익어간다

파란 하늘 아래
누렇게 익어가는 벼들을
집어삼킨 순간마다 남겨진
그루터기는 새로운 꿈을 꾼다

어둠이 내리고
조각달 미소 짓고
고요를 삼키는 콤바인 소리
가을걷이 노래가 되고
어둠의 백지 위에
콤바인 불빛으로
농부는 가을의 시를 쓴다

새끼손가락의 독백

치켜세워 최고인 엄지
여기저기 지시하니 잘난 검지
중지 젤 크다 거들먹거리고
약지 반지 끼고 사랑 자랑하니
침묵하던 새끼손가락의 중얼거림
내 없으면 모두 병신인 것들이

가을 들녘

간월재 공제선 속으로 빠져
허우적거리는 가을 햇살
알탕갈탕 지나온 계절의
마지막 숨 고르기에 동행한다

들녘엔 바람에 뒹구는 옷가지가
널브러진 채 속살을 말리고
농부는 막바지 가을걷이에 열을
올린다

계절의 순환 속에 물들어가는
자연의 모든 물상들
어느 것 하나 대거리 없이 순응한다

그렇구나
사랑은 몸과 맘 하나 되어
서로가 서로에게 아낌없이
서로의 색깔에 물들어가는 것이구나

가을비에 젖은 농심

추적추적 가을비 탓에
농촌 마실 심장이 멎었다
경운기 소리
트랙터 소리
콤바인 소리
탈곡기 소리
콩닥콩닥 골목길 발자국 소리
모두가
비에 젖었다

지친 육신은 잠시 시름 잊고
깨어나지 말았음 하는
단잠에 빠졌다
가실 마당에 비가 오니
살아 있는 주검이다

살기 위한 몸부림만은 아닌
한 땀 한 땀 정성 쏟아
마디마디 바람 실어 먹거리 만든
혼을 담은 쌀 한 톨

쌀값은 곤두박질에
농심은 멍들고 평생 땅 파서
뼈마디 흐느적거리는 아픔
가을비에 젖어있다

쌀 한 됫박 팔아
한 잔 커피도 못 사 먹는 현실이
쌀 한 톨 속에 숨어있는 사랑마저
지우고 있다

쑥부쟁이

여름 내내 잡초처럼 살다가
소슬바람 맞으며 하얀 푸르름으로
모두가 영글음 걷우는데 홀로 피었네

불쟁이 딸 쑥부쟁이
목숨 살린 네 이쁜 영혼
함정으로 맺어진 첫사랑
가을에 오마던 언약 바람 된 아픔

가슴에 담은 사랑 못 잊어
절벽으로 걸어 죽음으로 바꾼 순정
시시한 정 맺기 싫어 삼키고 삼켜
절인 연보라 토한 시린 사랑

무서리 내리는 들녘 논 구석에
무더기무더기 피어 속사랑
알리고 있다

국화 속에

철부지 가시내가 첫사랑에 멍들어
곰삭혀 만들어진 빛깔
그리운 이의 갈증을 무서리 녹인
목축임으로 피어난 국화야

모두가 떨어지는 가을 끝자락에
홀로 청초함 외치며 밀어 올린
국화란 이름의 열정
어찌 그리도 악착스레 피었노

응고된 네 육신
따끈한 찻잔 속에 던지면
맑은 물 노란 이 은은하게 파고들고
떨리는 입술 혀끝으로 흐르는
쌉싸름한
깔끔한
감미로운 여운에 취하면
허물어져 내릴 것 같구나

아름다움 지나
감추어진 가슴마저 향기로우니
넌
지상에서 가장 멋스런 여인
그대 가슴에 잠들고 싶다

침묵하고 싶었는데

빡빡머리 머시매 여동생 업고 모내기 논 젖 먹이러 가던 길
물잡은 논 언덕배기
까만 오디의 유혹
나뭇가지 올라 한 옴큼 따서 입에 넣는 순간 어찌나 달콤한지
가지 끝으로 손 내민 순간
업었던 여동생 쏙 빠져 무논에 굴러 빠졌다

뻘탕된 얼굴 그냥 까맣다
골짝물에 다리 잡고 흔들어
보니 이마 피가 흐르고
여동생은 울어울어 배내골 골짝 울리고
겁이 난 머시매 같이 울고

개울 건너 모심던 엄마
달려오셔 젖 물리자 울음 뚝
그날 아도 못본다고 얼마나
두들겨 맞았는지
그 여동생 이마 흉터 볼 때마다 철없는 미안함 피어난다

눈감는 순간까지 침묵하고 싶었는데
뒤돌아본 삶에 잘못된 흔적
하나 둘 지워야
서산을 넘는 발길 사뿐사뿐 하겠지

꿈 따는 시월

시월의
마지막 남은 속옷을 벗기니
감춰진 검은 속살 쏟아버린
열정으로 푸슬하다

논 뒷구석 쑥부쟁이
가을 햇살에 졸고
콤바인 삼킨 벼들을 쏟아
결실의 아름다움을 마무리한다

가을을 그린 수줍은 이파리
이별 뒤 성숙을 향한 휴면의 시간을
즐긴다
태워버린 열정의 나른함으로

시월의 흙
뜨거웠던 순간
한 줌 찬바람에 식히고
새로운 꿈을 그린다

한 보따리
꿈을 딴 농부는
마지막 시월의 떨어짐을
미소 지며 바라보고 있다

상고대

하얗게 푸르른 꽃
나목에 안개비 스칠 순간
찬바람에 응결된 숨결

솜털 같은 포근한 유혹
입술 살짝 다가가니
눈물로 져버린 정결함

한 줄기 햇살에 안겨
단 한 번 격렬한 사랑
절정의 한숨에 사라질
눈물겨운 바람꽃

가을이 가고
겨울이 오는 길목에 눈물로 피어나
가슴 시리게 아름다운 네 영혼에
빠지고 싶다
한순간 사랑으로 허물어질지라도

능 소 화

담벼락 위 누워
붉은 입술 옅어질 때까지
골목 어귀 바라보며 기다림에 젖어
작은 일렁임에도 허우적거린다

침묵 속에 안으로 삼킨
주체할 수 없는 열정
스스로 자지러져 꿈틀대며
붉은 맘 뚝뚝 흘리고 있다

가시로 찔러도 멈출 수 없는 유혹
네 목젖까지 빨려 들어간 혓바닥
태풍의 질투도 아랑곳 않고
화르륵 화르륵 타오른다

깊은 밤 모자 상봉

우케 이백 가마
골에 들, 뒷들, 농로, 집 앞마당
그물망에 말린다

울산 지방 일기예보
비 올 확률 십 퍼센트
강수량 일에서 오 미리
우습게 생각했다
어제도 그랬으니

늦게 타작 끝내고 잠든 순간
빗방울 소리 용수철처럼 튕겨
비닐 메고 뒷들 농로 우케 덮는데
어둠 속에 우케를 덮고 계신 어무이
"큰아 오나 클 났다"
아들 피곤할까 봐 혼자 감당도 못 하면서
나오신 어무이

말없이 우케를 덮는데
자꾸만 가슴이 울컥한다
평생 일에 찌들고 다리도 아프면서
일손 놓으시래도 안 된다

우케 다 덮고 나니 새벽 두 시
다행히 많은 비가 아니다
하늘 보며 한마디
좀만 참지 농심을 울리노

길

초등학교 사 학년 빡빡이
팥 두 되 새끼줄 등짐 지고
엄마 치맛자락 잡고 언양 장길
넘었던 오두메기
사십칠 년 만에 다시 걷는다
배내골 사람들의 생명의 길
소 장수 소 몰고 나무꾼 숯포 지고
억척스런 삶의 그림자가 있다
푹푹 빠지는 낙엽으로 묻힌 길
어릴 적 밟았던 발자국 위에
삶과 죽음 사랑과 이별이 살아난다
시공을 초월하여 공존하는
꼬불꼬불 오르막 내리막 너덜 지나
내리 반석 황톳길 살아온 흔적을
찬바람 불어 낙엽이 덮어 버리고
마지막 낙하를 준비하는
붉은 춤사위 열정에
내 삶이 걸려 있다

소깝 빼까리

팔십 셋 어무이
배내골에서 태어나
오두막 고개 넘어 택시를 첨 본 순간
소깝 빼까리 굴러간다고 했다
그 아들
열두 살 때
엄마 따라 언양장 가면서
버스를 처음 본 순간
집이 굴러간다고 했다
그때 어무이
큰아야 집이 아니라 빠스라고
가르쳐주셨다

그 아들 시인이 되었다

소깝 빼까리 : 푸른 솔가지를 땔감으로 사용하기 위해 쌓아둔 더미

찔레꽃

안골 다랭이논
구석진 골짜기에
이슬 함초롬히 머금고
향기 저미도록 슬프다

두두둑 소리 나게
너를 안으니
가시 파고들어
하이얀 이파리
붉게 물들인다

꽃 이파리 속에
보릿고개 슬픈 삶
찔레 꺾어 허기 채운
봄날의 아른함이 번진다

향기 속에
징병 간 연인의 보냄 뒤에
맨발로 세모 자리 밟던
여인의 옷고름이 흩날린다

시리도록
아름다운 찔레꽃도
맘 아프니 슬퍼 보이고
허기지니 뜯어 먹더라

가난한 거짓말

언양 장날 어무이
팥 닷 되이고 장 보러 가실 때
자연책에 본 사과가 먹고 싶어
사달라 떼를 쓰고
골목길에 쪼그리고 앉아
애타게 기다려
어무이 장보따리 펴놓고
사과 찾는 순간
어무이
사과장수 물에 떠내려가
죽었다고 했다
참말인 줄 알았다
사십육 년 후 거짓임을 알았다
그래도
큰아들 참말이라 믿고 싶어
거짓을 지우고 있다

민들레 꿈

감나무밭 가운데
퇴비 듬뿍 깔고
흙을 갈아엎어
고추밭 다듬는다

로터리 흙 부수며
앞으로 나가다
트랙터 급정지 쪼그리고 앉아
하얀 민들레 들여다본다

낮게 겸손하라
속삭이는 네 영혼
밭 한가운데 떡하니 버티고
해맑게 웃고 있다

민들레 수난시대 피하려
땅 주인 허락 없이 뿌리박아
홀씨 날려 볼 심산

트랙터 전진 기어 넣다 말고
삽으로 뿌리째 푹 떠서
밭 귀퉁이 옮겨놓고 돌아선다

비닐 멀칭하는 내내
나를 보며 웃고 있네
고추꽃 흐드러질 무렵
네 고운 홀씨 창공을 오르거든
내 꿈도 함께 싣고 두둥실 해 주렴

번뇌

고즈넉한 산사
노란 접시꽃
득도한 노승의 기에 짓눌려
붉은 열정 곪아 터진
노란 파편들
하늘로 날아오른다

마지막 깨우침

기나긴 세월 버텨온
침묵한 숱한 이야기들
하늘에 그려질 때
먹구름 없는 홀로 푸르름

깊어가는 동짓달 긴긴밤
밀밀한 이파리 사이로
스친 청아한 맑은소리

산다는 것 동행인 줄 모르고
허청거림 없는 도도함도
세월의 짓눌림 앞에 무너지고

작은 새 한 마리 품지 않았던
홀로 고고함으로 남겨진 후회
관솔로 아궁이에 제겨질 때
마지막 따사로움으로 타오른다

가난의 추억

배고파도 마냥 뛰놀던 어린 시절
양지쪽 할머니 참빗 들고
손녀 머리 빗기면 까만 머릿니가 비 오듯 쏟아지고
아이들 둘러앉아 손톱으로
누르면 톡톡 터지는 슬픈 놀이에 빠져들고
합죽이 할머니
세상에서 젤 높은 고개는 보릿고개여
배고파 죽는 고개니까 중얼 중얼
가정 실습 숙제가 보리싹 한 되였던 어린 시절
정지문 앞 소쿠리 매달은 곱삶은 보리밥
양동이 놓고 까치발로 훔쳐 먹으려다
줄 떨어져 보리밥 뒤집어쓰고
울먹거린 순간
물구리 빗자루대로 피 터지게 맞아
나도 울고 엄마도 울고
먼발치서 먼 산 보고 돌아서 계신 아버지
한숨 섞인 풍연초 내뱉는 소리
배고픈 겨울은 몹시도 길었다

삘기꽃 영혼

검정고무신 삼베적삼 까까머리 조무래기들이 땟국물 흐르는
얼굴로 삘기 한 움큼씩 쥐고
하얀 속살 허기진 배 속이려 질겅질겅 씹던 시절

가난으로 얼룩진 옆집 누나 황달로 시름시름 소리 없는 울음 울어
중묏등에 묻히던 날도 철없는 조무래기들 삘기 들판을 뛰어다녔다

살랑 바람 불어 솜털 같은 삘기꽃
피어 보지 못한 누나의 하얀 맘이 시공 초월하여 배고픔 없는
자유를 향해 날아오르고

고층빌딩 후미진 뒷골목엔
버려진 배고픔들이 웅크리고 있는데
애써 외면한 채
부른 배 두들기고 있다

싶어요

어무이
새해는 우리의 가슴에 꽉 찬
꿈으로 피어난 한 아름 태양이고
싶어요

알찬 순간들 붉은 해로 밑줄을
긋고 휴식하는 순간들 꿈속에
한 떨기 꽃으로 피어나 해맑게
웃는 행복감에 젖고 싶어요

가슴에 상처 주는 씨앗들은
꽁꽁 언 땅속에 가두어버리고
고운 생각들에 젖어 한해를
시작하고 싶어요

많은 돈도 거창한 꿈도 아닌
양지쪽에 작게 피어난
들꽃처럼 길손에게 미소 주는
그런 순간이고 싶어요

어무이
우케 널어놓고 잠든 밤
빗소리에 깨시어
아들 피곤할까 봐 홀로 가시어
바가지로 우케 터신 그 맘으로
새해를 살고 싶어요

밥 세끼 소박하게 차려
웃으며 도란도란 삼키는
몸과 마음이 건강한 하루하루가
되었으면 싶어요

싶어요가 현실이 되면
참 좋겠습니다

아이스께끼의 흔적

배내골 이천분교
봄 소풍 가는 날
일 학년 가슴은 설렘으로 꽉 찼다

사각 도시락 보리밥 멸치볶음
보자기 대각선 둘러매고
봄바람 맞으며 장구메기 넘어
사십 리 걸어 석남사

"아이스-께끼 ~" 처음 듣는 외침
십 원 주고 다섯 개 받아 쥐고
달콤 시원함에 젖었다

네 개는 빈 도시락에 담아
아부지 엄마 동생 얼굴 그리며
즐거운 달음박질

어둠이 깔려 사립문 들어서고
가죽들 둘러앉은 앞에 으스대며 도시락 뚜껑 연 순간
막대기 네 개 나란히 누워 있었고

한참을 억울해서 울었다

바 보

어릴 적 어무이
맨날 물동이만 이고
얼음 궁게 빨래하고
고등어 대가리만 좋아하시고
노는 것 싫어하시고
눈만 뜨면 일하는 사람인 줄 알았다
밤이면 호롱불 아래
구멍 난 양말 꿰매시며
"가소롭다 가소롭다
여자 유해 가소롭다
전생에 무슨 죄로 여자 몸이
되었던고 ……."
사친가를 읊으시는 소리
정지문 틈새로 어무이 흐느끼는
소리 듣고서야
내가 참 바보임을 알았다

깨달음

반세기 너머 함께한 내 멋진 엄지
장애 육급 복지카드 남기고
사별한 지 일 년 육 개월
보기도 흉하고 상처는 쓰라리니
있을 때 소중히 다루지
못한 대가 톡톡히 치루고 있다

땅을 파고 글을 쓰며
땀을 흘리고 열심히 살아보니
왼손 몫을 오른 손이
다하니 참 힘이 덜더라고

잃어 버린 반절을 위해
남겨진 육신 부끄럼 없이 살아 늙어감에 추함 없이
뒤돌아 봐도 후회 없는
시간들로 채워
내 삶 끝나는 순간 먼저간 반절과 뜨거운 해우를 해야지

삶은 스스로 의미있는
흔적을 남기는 것
힘주어 부는 바람에 버티다 보니 버틴 만큼 찢어지고 갈라진
상처로 미움만 쌓이더라

이제 바람의 세기 만큼 밀려
나기도 해야지
있을 땐 몰랐다
잃어 버린 자리 만큼 아프고
힘든 것을
이순(耳順) 되어서야 육신의 소중함깨달았으니
그나마 다행

변명하는 삶은 살지말아야지
나를 사랑하는 사람은 이미 나를 알고
나를 미워하는 사람은 어차피 믿지 않더라
아픈 인연은 끊어 버리자

내 너를 소홀히 한 죄로
남은 삶 곱게 살리라
있을 때 소중함 깨달았으면
너를 잃진 않았으리니
어리석은 놈
척 보면 알아야지
찍어서야 똥 된장 하느냐

야릇한 행복감

예취기로 논둑 깎는다
잡초란 놈 어찌나 잘 크는지
개망초 쑥부쟁이 억새 칼날에 쓰러져 날리는 순간
푸다닥 고라니 새끼 튀어 올라 논 가운데로 도망이다

쫓고 쫓기는 사투 결국 뒷다리 움켜쥐니 끼악끼악 발악한다
콩밭을 망친 느므시끼
암놈이네
죽이려 패대기치려는 순간
슬픈 눈으로 바동거리는 모습에
손을 멈춘다

숲이 우거진 탓에 먹이 찾아 본능적 삶의 허우적거림을
어찌 너만 탓하랴 우리네와 다를 바 없는 것을

손목에 힘이 풀린다
훌쩍 뛰어내린다

고라니새끼 고맙단 말도 없이 끼악끼악
소리 지르며 산속으로 모습을 감춘다

며칠 뒤
콩밭에 다시 내려와 쑥대밭으로
만들었다
은혜를 원수로 착각한 놈
너를 믿은 내가 바보다
그래도 인간의 배신감보다는
야릇한 행복의 배신감은
어디서 오는 걸까

벼 포기 사이 물달개비

논 가운데 솟은 잡초 뽑아
거꾸로 밟아 넣다 이랑 속에
숨어 핀 보랏빛 물달개비 본다

논 속에 자리 잡아 잡초지
습지에 너였음 카메라 세례 속에
야생화니 뭐니 사랑받을 이쁨

벼 포기 사이 기생 미움 가득
어쩌다 여기다 뿌리 내렸니
뽑던 손 멈추고 돌아선다

설 자리 앉을 자리 잘못 알아
미움 지난 뿌리째 뽑힘
우리네 인간사도 그러하니

때

허기진 유혹에 설익은 밤송이
막대기 쑤셔 억지로 까대던 어린 시절
풋밤 몇 톨 주머니에 담아
몰래 까먹던 순간의 달콤함 속에
가시 찔린 핏방울 아픔이 있었다

세상일 때가 있다
송이 누렇게 물들면 부풀어
떡 벌어진 입으로 토실한 알밤
투두둑 뱉어 내는 것을

순리에 따른 삶의 영금
완숙된 기다림 일깨워
가시를 넘어 완성된 사랑의
기쁨을 배웠다

땀 흘려 거름 주고
병해충 예방하며 잡초 제거하니
가을 햇살 작은 바람에도 알밤은
저절로 쏟아지더라

사랑도
일도
마음의 얼음도
기다림이 있고 때가 있더라

물의 속삭임

배내골 철구소
무모하리만큼 긴 세월 오직 한 길
반석에 길을 내어 흐른다

버티던 단단한 반석은
부드러움 앞에 무너져 내려
길을 내주고도 행복하다

지나온 길 쌓인 때를 씻고
가슴에 쌓인 멍울
슬프고 아픈 생채기
하나하나 씻어 투명함 되어 흐른다

흐르는 물에 비친 내 모습
아직 멀었다고 더 겸손하라고
단 한 번도 높은 곳 보지 않았다고
낮게 흘러 나를 비우라 속삭인다

속 탄다
엎드려 네 깨끗함 벌컥벌컥 들이키니 뱃속에 욕심의 찌꺼기
정화된 오줌발 되어 흐른다

끈질기고 낮음을
더불어 함께 깨끗함 노래하며
미움도 사랑도 정화시킨 소리
메아리 되어 골짝을 꽉 채운다

물속엔
고기도 있고 썩은 낙엽도 있고
옹달샘도 흙탕물도 함께
흐르고 있었다

소똥 치는 까닭

생각도 없다
먹고 자고 싸는 것이 평생 하는 일
사발 덩이처럼 똥을 싸고
폭포 같은 오줌을 누어
발굽으로 밟아 똥 위에 잠을 자니
뒷다리 대롱대롱 말라붙은 똥 딱지
갑옷 되어 출렁이니 가관도 아니다

밥때 좀만 늦어도
온 동네 떠나갈 듯 울어대고
큰 눈 번뜩이며 주인을 지켜보고
평생 내 의지 관계없이 송아지 낳는 기계 되어
해마다 출산과 이별을
반복한다

배부르면 드러누워 되새김질로
여유를 즐기다가 주인 막사 들어서면
일제히 일어나서 주인 움직임에 눈동자 따른다

밥 주고 물주고 똥치고 정이 들면
주인도 알아보고 머리로
장난도 걸어오고 인연이 끝나는
팔려가는 순간 온 힘 다해 버티는
이별의 저항에 가슴이 아프다

내 삶을 위해 사육이 강요되고
본능을 이용한 번식으로 일생을
송두리째 주인에게 난도질당한
네 삶이 아프다

새끼 낳으면 팔아
자식 등록금 주고 농비 마련하니
가슴 아픈 사랑은 헛말이 되고
쏟는 사랑은 이유 있는 행위가 된다

사육되는 순간까지라도
깨끗이 쓸고 닦아 편하게 해주면
네 팔아 돈 버는 미안한 맘
덜할 것 같아 매일 소똥을 친다

죄 없는 소를
가끔은
똥 많이 싼다고 소 새끼라 욕한다
소보다 못한 놈

아부지 어무이 생각

배내골 겨울은
유난히 춥고 햇살이 짧다
고드름 꺾어 놀며
썰매 타기에 빠져 배고픔 잊고
빨갛게 된 얼굴
거북 손등처럼 갈라진 손
검정고무신 속에 감춰진 빵구 난
양말 꼬맨 틈새 삐져나온 발가락이
얼어 감각 없이 모닥불 쬐고 있다

배고픔 느낀 순간
동생 손잡고 뛰어
아랫목 묻어둔 밥통 꺼낸다
얼음 붙은 무김치 몇 쪽 꺼내
밥을 먹는다
얼마나 달콤한지

아버지 드시다
숟갈을 놓으시고
나도 아버지 눈치 보며 숟갈 내리고
철없는 동생은 입이 터지도록
밥을 밀어 넣는다

밥통에 밥은 줄어들고
약초 캐러 왕방산 가신 어무이
얼굴이 떠오른다
밥 먹던 동생 손잡으니
울음을 터뜨린다

슬픈 그림자 가득한 아버지
왕방산을 바라보고 있다
두메산골 짧은 해가
어찌나 길던지

참새 겨울나기

밤새 창문을 흔들고
깡통 깨지는 소리가 남긴 흔적
짚 덮었던 포장 날아가고
소막 문 떨어지고
물동이는 깨져 뒹굴고
비닐 찢어 비벼져 있다

강아지 추위에 오들거리고
송아지 뒷다리 떨림
떨어진 소똥은 김을 내며 얼어가고
수도꼭지는 숨을 쉬지 않는다

벼르고 벼르던 날씨
세상을 향한 호된 꾸짖음
맨살을 후벼 파는 바람은 반성을 요구하지만
농심의 가슴만
아프다

참새 칼바람 피해
소 막사 숨어들어 송아지 사료 포대에 새까맣게 앉아
사료를 훔쳐 먹고

그물망으로 잡아 참새 꼼밥
먹을까 갈등하다 겨울나기 참새와 나 동병상련
교감으로 모른 척 숨죽인다

가난한 농심
허기진 참새의 겨울은 참으로
길다
봄바람만 기다린다
도심의 아파트는
문 한 짝만 닫으면 되는데

물은 흐른다

흐르는 물
찬바람에 볼기짝 맞고
치민 화기로 가슴이 얼어
두께를 더하고 있다

삐져나온 갈등이
고드름똥으로 굳어져
화려한 꽃으로 위장한 채
부드러움을 왜곡하고 있다

흘러간 순간
뒤돌아보지 않는 매정함
잡아보려 지독한 냉기로 굳어지게 한들
순간에 머물고

흐르는 물
막아본들 시간 위에 넘쳐흐르고
굳어지게 한들 깨어져 흩어지고
결국은 막을 수 없는 것

겨울은 봄에 녹아내리고
봄은 여름으로 뜨거워지고
여름은 가을에 물들고
가을은 겨울에 어니

형태는 변해도 끊임없이
우리네 삶처럼 흐르고 있다
순간에 머문다고 삶이 길어짐을
착각하지 마라
태어난 순간부터 죽음을 향해
흐르고 있다

따스하고 현명한 가슴의
물은 흐름에 젖어 졸졸거리고
미련하고 우매한 가슴의
고드름은 영원한 북극일 뿐이다

세 발로 선 어미소

어미로부터 배우지 못했고
사랑 없이 생겼고 생기니까
낳았고 낳아놓고는 어떻게
해야 할지 모른다

본능대로 움직임
젖을 빠니 성가시니 발길질
새끼 툭 나가 떨어지고
살려는 본능으로 달려들기를
반복한다

앞발을 매달아
세 발로 송아지 젖을 빨리고
어미는 나부대고
그러는 동안 사랑이 만들어진다

기다리는 동안
애비가 자식을 때려 죽음으로
이르게 하는 서글픈 뉴스가
소 막사 라디오를 울리고 있다

속울음의 흔적

바위 틈새 뿌리박아
푸르름 잃지 않은 의연함
솔잎 사이 햇살 타고
푸른 하늘에 청솔 그림 그린다

아름드리 등껍질
툭툭 붉어진 가지의 주검
긴 세월 척박한 바위 덜겅에
곁가지 키울 수 없는 아픔
윙윙 소리 속울음이었구나

스스로 아랫가지 죽여
끝으로 새순 밀어 올린 삶
안으로 삼킨 눈물로 응결된 흔적

또 다른 인연으로
밑동이 베어져 속살 쓰담하면
지나온 희생 옹이 된 화려한
삶의 끝자리

네 삶에 고개를 숙인다

송아지 팔던 날

언양 장날 새벽 배내골
어무이
콩깍지 섞어 이별의 소죽 끓여
먹이자 어미소도 울고 온 가족
눈물을 훔쳤다

아부지
흥정이 오가고 받아 쥔 돈
팔 과부 색싯집 밤새 술 마시고
남은 돈 야바위꾼에 속아
빈털터리 되었다

배내기로 키운 어미소
주인에게 돌려주고
텅 빈 마구간에 서성이며
아부지 눈물을 훔치고 계셨다

무슨 생각을 하셨을까

현대화된 가축시장에서
어미소 부르는 송아지 울음소리
전광판 경매 숫자 오르내리는 소리
이별과 만남이 공존하고
농심의 얼굴에 웃음과 아쉬움이
흐른다

소주 한 잔 삼키고
오뎅 꼬지 씹으며 돌아서는
농부의 뒷모습 멀어져간다

호밀의 어리광

찬바람 맞선 호밀
겨울비 쏟아져
잠긴 채 오들거리고 있다

삽으로 물길을 파고
온몸으로 추위에 저항하는
네 아픔에 동참한다

스미는 빗물
살갗을 찌르고
심장의 피가 정지되는 아픔
이런 고통이었구나

뿌리
빗물에 썩고 추위에 얼어 죽고
모질게 버텨 남겨진 이야기
물길을 타고 흐르고

농부 삽날 움직임에
홀로 겨울을 삼킨 저린 설움

어리광 되어 울먹인다

저기
"봄의 발자국 소리 들린다"
귓속말로
호밀 싹을 다독인다

그리움

배내골
밤부터 눈이 내려
설렘만큼이나 두께를 더하고
비료 포대 짚단 쑤셔 넣어
산비탈 눈썰매
엉덩이 아프도록 타다 지치면
소죽 끓인 가마솥에 들어앉아
묶은 때 벗기고
벌거숭이 등짝에 눈이 나리고
돌아서 입 벌리면 사르르 녹는
달콤한 느낌
아궁이 감자 익어가고
눈발은 쌓여 높아만 가고
맨발로 뽀드득 짜릿한 입맞춤
부지깽이로 감자 후벼
호호 불며 먹던 기쁨의 순간
당신의 투박한 손으로
불어터진 때 밀 주시며
"내 새끼 많이 먹어야겠다"
하시던 따스한 목소리
움큼움큼 그리움 되어
펑펑 쏟아지고
뜨거운 입김에 녹아내려

지천명 끝자락 가슴을 적신다
달콤하고 짜릿한
첫사랑처럼

발정 난 노랑이

우리 집 노랑이
봄기운 나른함에 졸다가
길손 발걸음 두 귀 세워 쿵쿵대고
가끔 암캐가 지나가면
목이 터져라 짖어대며 목줄 떨어지게
튀어 오름 반복한다

요행히 발정 난 암캐가
가까이 오면 끙끙거리며 몸을 비틀고 뒤집어
하늘을 향해 뻘건 양물을 내놓고 꽉 차오른 체액을
뚝뚝 흘리며 치를 떨고 있다

구속된 목줄
사랑할 수 없는 고통
앞발 쳐들어 뛰고 돌아본들 평
생 사랑 한 번 하기는 하늘의
별따기다

끙끙거리는 소리
밥 달라는 줄 알고
먹다 남은 뼈다귀 들고 가신 어무이 다리
끌어안고 감탕질해대고

목숨보다 강한 본능적 사랑의 욕망
가슴이 스멀스멀한다
에라이 모르겠다
목줄을 풀어버리고 하늘 보고
야릇한 미소를 짓는다

"야가 미쳤나 개는 와 풀고 야단이고"
어무이 야단치는 소리 못 들은 척
"이누무 개새끼가" 잡는 시늉하며
소리 질렀다

아부지 갈등

배내골 눈 내리고
첫닭이 울면
어무이 무쇠솥에 얼삶은 보리쌀 깔아
쌀 한 줌 놓아 밥 지어
아부지 언양장 보내실 밥상
쪽문으로 들이시고
마지막 숟가락 놓으시려 할 때
"길도 먼데 다 잡소" 어무이 성화에
아부지 머뭇거리시며 밥그릇에 쪼르록 물을 붓자
이불 속 자는 척 지켜보던 동생
울먹이는 가는 소리로
"히이야 아부지 밥에 물 말았다"
베갯잇 깨물고 울음 참았고
이때만큼은 어무이가 미웠다

그날도
오늘처럼 눈이 내렸고
아부지는 오두메기를 넘으셨다

작은 행복

만당뜰 농로 옆 자투리 땅
그냥 두기 아까워
서리태 심어
열세 되 삽십이만 원 받아 어무이
겨울옷 사 드렸더니 아기처럼 좋아하셨다

콩 심어 팥 나는 세상에
콩 심어 콩 나는 정직한 흙의 진리
시골엔 버려진 자투리땅이 있어
부지런만 하면 채소도 자급자족한다

흙은 정직하다
괭이로 파고 갈아엎을수록
부드러운 마음이 되어
씨앗을 품어 싹 틔우고 꽃 피운다

열정 쏟은 만큼 배신하지 않고
돌 주는 고운 속성
인간의 이기적인 가슴팍보다
믿고 사랑할 수 있어 좋다

올해는 서리태 팔아
딸내미 이쁜 가방 사줘야지
혼자 미소 짓고 콧노래 흥얼거리며
잡초 뽑고 씨앗을 뿌린다

봄비

찬 기운 깔려있는
어스름한 새벽
하늘과 땅이
가슴을 열어 사랑 나누는
신음에 젖은 촉촉함에
강철 같이 언 땅을 간지럽히니
쑥 냉이 달래 부지깽이나물
보리싹
봄을 노래한다

삶의 이유

사량도 가마봉 응달진 중턱에
바닷바람 치밀어 언 땅 간질이니
켜켜이 쌓인 낙엽 뚫고
노루귀꽃 솟았다

꽃받침 울을 하고
찬바람 핑계로 암술과 수술이
가슴을 맞대고 해맑게 웃는다

생명 구한 노루의 영혼으로
밀어 올린 떨림을 인간들 간사한
소유 본능으로 유린한다

두고 보아라
저 여린 손꼬락으로 언 땅 뚫고
저 여린 이파리 속에 서로를
기대고 선 노루귀 예쁜 삶을

그대들 뜨락에 옮겨지면
꽃필 이유 없음에

갈등

봄볕 유혹에 쑥 이파리 솟아
향그론 쑥국 상상하며
양지쪽 밭둑에 앉는다

토실한 쑥 순에 칼끝 대고 멈춘다
떨리는 손끝에 갈등이 흐르고
더 이상 힘을 가하지 못한 아린 가슴

얼기설기 그물망 같은 질긴 뿌리
겨우내 참고 참아 뽀족뽀족(뽀족뽀족) 내민 가녀린 어린 순
뜯을까
말까

지난날 쑥털털이 쪄놓고 시집간 딸
기다리던 당신 가슴도 이렇게
아렸을까

미안하구나
쑥국 먹고픈 어무이
쑥국 떠 넣고 합죽 웃으실 모습
너 없인 저녁상도 없으니

정지된 손끝에 힘을 준다
톡,
파란 피가 흐른다

124

우수

장구메기 응달진 골에
흐르던 물
강추위에 고드름 되어
아래로 자라고
몰아칠수록 골짜기는
강철 같은 가슴으로 굳어져
돌 틈 가재마저
미라로 만들었다
깨어날 수 없는 잠의 침묵
그렇게 정지된 채 버티고
또 버텼다
참 많이도 참았다
때가 되니
자란 길이만큼 거꾸로 녹아
똑똑똑 졸졸졸
봄 오는 소리 되어 흐르고
가재 집게발로
봄을 집어 올린다

정 주지 말 것을

이월 스무이레 언양장
이별의 날이 정해졌다

낳을 때부터 뒷발 차는 어미 만나
하루 네 번 시간 맞춰 먹어야 하는
기다림의 배고픈 순간들
먼발치서 퉁퉁 불은 젖을 보며
주위를 빙빙 돌다 달려들고
뒷발에 저만치 떨어졌다

막사 들어서면
뛰어와 안기며 앞발 들고
어깨 올라타고
어미 고삐를 죄면
꿀꺽꿀꺽 젖줄을 처박는다

그렇게
일곱 달 정들었는데
이별의 날이 정해진 순간
시선을 외면해도
엉덩이 들이받고 얼굴을 핥고
목을 비비며 장난을 걸어온다

126

급성설사로 흐느적인 겨울밤
목을 끌어안고 나누었던 온기가
이별 후에도 남아있으리라
오래도록

사료를 주고 막사를 나선다
따라온다
모른 척한다
입으로 옷소매 물고 당긴다
종발만 한 검고 깊은 눈망울 속에
허우적거린다
끝까지 모른 척 막사문을 닫는다

이리도 아플 줄이야
정주지 말 것을

슬픈 죽음

어둠이 깔린 새벽
양지쪽 산언저리
구덩이 판다
한 삽 찌르니 사르르한 가슴
두 삽 찌르니 울대를 타고
오르는 설움
세 삽을 찌르니 뚝뚝 삽날에
눈물이 번진다
경운기에 네 주검을 끌어안고
사료 포대로 염하여
흙을 덮는다
평장이다

돌아서는 순간
슬픔 속에 섞인 아쉬운
네 몸값 사백만 원의 미련
이백팔십오 일 품었던 모정
팔아먹기 위한 기다림을
반성한다

태어난 지 오 일 급성설사
사흘 밤낮을 치료했어도
사늘한 주검으로 굳어졌다

사료 욕심이 강해 옆에 소 사료
뺏어 먹고 하더니
송아지 너무 커서
팔이 아프도록 당겨내었어도
젖도 잘 먹이고 했는데
일주일 못 견디고 가버렸으니
어미소 심정은 어떨까

통통거리는 경운기 소리에
울음을 숨긴다
남겨진 어미소 퉁퉁 불은
젖 뚝뚝 떨어지고
온 동네 떠나갈 듯 울어댄다

퉁퉁 불은 어무이 사랑

어둠이 젖어드는 논바닥 쉼 없이
전후좌우 불빛 속에 막바지 볏짚 작업을 한다

희미한 물체 흔들림 급히 트랙터 멈추고 확인한 순간
머릿속이 하얗다
여든셋 어무이 자식 기다리다
걱정되어 찾아오셨나 보다

아니다
끌개에 까만 비닐봉지 풀어 헤치며
"큰아야 배 고프제" 내민 플라스틱 통에 끓여 온 라면
식기 전에 먹이려 아픈 다리 끌며
얼마나 애면글면 오셨을까
그렇게 힘든 논둑길을

자식이 뭐길래
어둡고 험한 길 넘어지기라도 하면 어쩌려고 입속으로 중얼거리며
어무이 모습 보니 얼굴에 땀이 주룩주룩 흐른다

목구멍까지 차오른 감정을 삼키며 하얗게 식어버린 라면
퉁퉁 불어 터진 나무젓가락만 한 면발을 꾸역꾸역 밀어 넣는다

아니
어무이 사랑을 씹는다
자신보다 자식이 먼저인 삶
그것이 모든 어머니의 마음

밤하늘 별빛이 속살거리고
트랙터 힘차게 논바닥을 누빈다
어둠 속으로 멀어지는
어무이 뒷모습이 아리다

산다는 것

사랑으로 피었다 지는 꽃
미움으로 피었다 지는 꽃
사랑도 미움도 선택할 수 없지만
주어진 자리에서 꼼지락거리며
웃고 있다

양지든 음지든 떨어진 자리에
싹틔우고 초록으로 물 들 땐 몰랐다
피우는 순간 각자의 색깔로 보여지니
수군수군 이쁘고 못생김을 재단한다

꽃잎이 떨어지는 순간 돌아서는
야속함이 자신의 모습임을 모른다
화려한 꽃도 이름 없는 꽃도
땡볕 비바람 받아낸 산고의 결과임을 인식하지 못한다

아름다움이 영원하다는 착각 속에
피고 짐이 같음을 모른다
이 순간이 영원할 것이란 착각 속에
삶과 죽음이 같음을 모른다

가슴을 칼로 도려내어
구석구석 찾아보아도
내가 원했던 답이 있을까
심장엔 피만 흐를 뿐

태어난 순간 죽음을 향해
걷고 있으니 한 발 한 발
미소 지으며 이쁘게 걸어야지
산다는 것은
한순간 짜릿한 느낌에 일생을
담는 것이 아닐까

천 년의 숨결

신라 천 년의 숨결
금오산 삼릉골
석존여래좌상에 살아있다

모진 수난 속 땅속에서
잠자다 목 팔 잘린 채
부활했어도
천 년 전 그 모습 그대로

가슴을 타고 내린
가사의 바느질
어느 보살이 저리 곱게 시침했누
밤새 호롱불에 여린 손 찔리며
앞니로 꼭꼭 여미고 여민 가사

왼쪽 어깨로
주루룩 흘러내린 매듭
손 닿으면 사르륵
접혔다 펴질 듯
살랑 바람결에 가사의 나부낌
찰나지간 석존의 속살 비침

수줍어 붉게 물든 얼굴
그 모습 감추려고 목을 숨겼구나
봄바람 분다
가사가 사그락거린다

134

밀애

봄비 그친 땅속
따사로운 햇살 받아
갈증 끝에 들이킨 꽃물로
터질 듯 매화봉우리
유혹의 흔들림에 향기 날고
가지 사이 봄바람 흘러
날갯짓 떨며 속살 간지럽힘에 다물었던 입술 신음
겨우내 앙다물고 참았던 속가슴
사랑의 손길 스침에
꽃망울 톡톡
온 들판이 밀애에 젖고
모른 척 까치발 걸으며
꽃들 웃음소리
한 움큼 살포시 잡아
가슴을 열고 넣었더니
울컥
사랑이 꽃 핀다
이 나이에도

사랑은

무어강변 비토아콘지 인공섬 휘돌아
그라츠의 과거와 현재가 출렁이며 흐릅니다
살다 보면 기침 소리 없는 적막 속에
치를 떨며 시린 빈 가슴 움켜쥐고
속울음 삼킬 때도 있습니다

살다 보면 따사로운 봄기운 아지랑이 속살거리는
따스함으로 가슴 쿵쾅이는 행복에 젖을 때도 있습니다

힘으로 바꾸었던 역사 속에 남겨진 작은 흔적
무어강 다리 위에 이별 없는 맹서의 자물통 달랑거리고
열쇠는 강바닥에 던져져
녹슨 흔적마저 찾을 수 없고
남겨진 아픔에 가슴만 아립니다

서로의 가슴에 서로가 가득 고일 때
황톳빛 강물이 푸르게 보인다는 것을
마음이 함께라면 똥물 위에
배를 저어도 한없이 아름다움에
젖을 수 있음을
남겨진
지금에야 깨닫습니다
사랑은
시공을 초월한 가슴에 피어있는
꽃임을
그 꽃 소중하게 가꾸고 물 주어
지켜주는 것임을
큰 바람이 아닌 아주 작은
마음으로 바라보는 것임을

월 하 향

칠월의 타는 가슴
꼭꼭 숨기며 밤새 울어 핀

님 향한 애틋한 정

꿈같이 아슴하게
한 송이
노란 그리움으로 젖어 있다

월하향 : 달맞이꽃

고마리꽃

방기말 논 뒷구석 고마리 풀
밟으면 밟을수록 강하게 번져
여름 내내 날 괴롭힘
얼마나 징했으면 고마 됐다
고마리 풀 불렸겠니

벼 베다 도구에 앉아
하양 빨강 분홍으로 물들어
별사탕처럼 쏟아진 달콤함에 빠졌다

떨어진 자리 잘못 뿌리박아
너 아프고 나 괴로움
바람을 원망하며 숨바꼭질 뒤로하고
소리 없이 피었다

지난날 억눌림 시치미 뚝 떼고
앙증맞은 이쁨으로 터진 꽃망울
잡초의 이유 있는 반항에
콤바인 멈춘 정적이 흐른다

서글픈 승리

지난해 가을 옆집 할매
키보다 큰 수수밭 둑에 앉아 후여
틀니 사이로 새어 나온 소리
참새들 비웃으며 벌떼처럼 붙어
토실한 수수 이삭 쭉정이만 남겼다

삼동 울분 삼키며
잃어버린 수수 알에 젖어 지낸 허망함
갑오년 봄날 콧노래 부르며
파종하고 잡초 뽑아 지주대 세워
수수 이삭 영글 무렵 회심의 미소 지으며
양파망 속에 수수 이삭 감추었다

참새 떼거리로 몰려 부리 쪼아 헛물켜니
할매 향한 짹짹거린 원성 들판을 흔들고
합죽한 승리 미소 뒤에 아쉬움 흐른다
참새야,
적당히 하지 그랬니
허기야,
눈뜨고 쌀독 잃은 허망함 어찌 알겠니

산호자 나무 아래

수줍음 틔워 낸 연록 이파리
푸르름 당당하게
젓가락 같은 소낙비에 저항하던
그 용기 어찌하고
지천명 사내 앞에 수줍게 떨고 있다

붉은 혈관 터질 듯한 육신
특등급 등심처럼 농염하게
사내가슴 흔들고 먼 산 보고 섰다

실타래처럼 얽힌 사연 가슴에 묻고
갈바람 애무로 달아오른 육신
단 한 번 사랑으로 절정에 치를 떨며
낙화한 사랑아

슬퍼 말아라
순리 따라 피고 짐을 깨닫고
찰나지간 불타는 네 열정 보려
조문객이 산하를 덮고 있으니

- 산호자 : 오구나무라고도 불리며 5월 부드러운 잎 젓갈에 생으로
　　　　쌈 싸먹기도 하고 데쳐 겨울 묵나물로도 이용
　　　　전염성간염 숙취 제거 변비 등 한약재
- 나무 중 가장 먼저 가장 붉게 단풍이 든다

배추밭에 앉아서

까만 점 하나 떨어져
하나 둘 셋 넷 켜켜이 얼싸안고
튼실한 배추 포기 앉았다

땅속까지 담고 갈 속 깊은 이야기
숨기고 또 숨기고 혹여 새 나갈까 저어
탱글탱글 싸매고 또 싸맨다

포기마다 살아온 이야기
무서리 오기 전 발끝에 힘 실어
노랗게 물들이고 있다

네 살아온 삶 감칠맛 나고 아삭해야
겨울 밥상 쭉 찢은 육신 사랑받음
깨닫고 있었구나

호박

밭 귀퉁이 뿌리내려 핀
진노랑 호박꽃에 흐느적이는 유혹
소박하고도 도톰한 꽃잎 끝에선 엄마
젖 내음이 난다

못생긴 여자를 호박꽃에 비유함은
꿀도 풍성하고 꽃가루도 깝뿍하니
아름다움 홀로 즐기려 지어낸 헛소리

보리쌀 씻은 물에 호박꽃 종종 썬 보리장
호박잎 푹 쪄내고 빡빡 된장에
애호박 볶음
어린 시절 둘레판 주인이었다

시리도록 푸른 가을 하늘 이고
풍성한 누렁뎅이 돌담을 깔고 앉은 모습
꽉 차게 농익은 유혹에 그만 까무러친다.

스스로 피어짐이
아름다운 것을
정상화 시집

초판 1쇄 : 2016년 7월 15일

지 은 이 : 정상화

펴 낸 이 : 김락호

디자인 편집 : 이은희

기 획 : 시사랑음악사랑

인 쇄 : 청룡

연 락 처 : 1899-1341

홈페이지 주소 : www.poemmusic.net

E-Mail : poemarts@hanmail.net

정가 : 10,000원

ISBN : 979-11-86373-41-5